23222

ÉPITRE

A

L'ASILE QUE J'AURAI,

SUIVIE

DE DEUX FABLES,

DU CHANT D'UNE JEUNE SAUVAGE,

DE L'ÉPITRE A HENRIETTE SERCEY

ET DES RÉFLEXIONS D'UN AMI DES

TALENS ET DES ARTS.

PAR

MADAME DE GENLIS.

Pour les Citoyens Boisjoslin et de Lille

J'en ai envoyé l'extrait au mercure français le 25 germinal 97.

A HAMBOURG,

CHEZ P. F. FAUCHE, Imprimeur et Libraire.

1796.

AVERTISSEMENT.

Ces petites pièces de poësie ne m'ont point
été dérobées par un ami. Mais en ayant
donné plusieurs copies qui sont en france,
j'ai pensé qu'on pourroit les insérer dans quelques recueils, ce qui m'a décidée à les faire
paroître afin qu'elles fussent imprimées cor-
rectement. Sans cette réflexion, je ne les aurois données qu'avec beaucoup d'autres vers,
que je n'ai pas eu le tems de mettre en or-
dre, mais qui pourront composer un assez
gros volume.

C'est un fort grand désavantage, avec
des talens aussi médiocres que les miens, de
publier si peu de vers à la fois; car il est
bien facile de relever tous les défauts qui
peuvent se trouver dans un si petit nombre;
tandis qu'un ouvrage en vers, s'il est médio-

ere et volumineux, à deux chances très heureuses, la première de n'être pas lu, et la
seconde d'échapper à la critique par la pa-
resse des censeurs.

ÉPITRE

A

L'ASILE QUE J'AURAI.

Que faut-il à l'abeille? Un asile et des fleurs.

L'ABBÉ DE LISLE. (a)

Je veux te célébrer, ô retraite chérie,
Où je dois recouvrer, au défaut du bonheur,
Cette paix qui me fuit, le seul bien que j'envie,
    Et qui, par la bizarrerie
Et les coups redoublés d'un sort persécuteur,
M'est depuis si long-tems ravie!
Asile désiré, mais encor inconnu,
Où faut-il te chercher, dans quels lieux seras tu?
Sans doute pour toujours de la france bannie
Par un destin cruel et par ma volonté,
Je ne puis te trouver au sein de ma patrie:
Tu seras un bienfait de l'hospitalité.
Irai-je m'établir dans l'aimable ausonie,
Cet empire brillant du dieu de l'harmonie?. . . . .
    Le gout des arts et des talens
    M'entraine vers ces lieux charmans;

(a) Cette épitre fut commencée durant le cours d'un voyage très pénible et je l'achevai dans une Auberge à Harbourg dans la nuit du 23 Juillet 1794.

Mais peut-être mes destinées,

Loin de ces rives fortunées,

Doivent guider mes pas errans;

Peut-être un jour livrée à la merci de l'onde,

J'irai chercher un nouveau monde

Et des hommes plus tolérans:

Il m'en coûtera peu de braver la furie

Des saisons, des flots et des vents;

Le vaste océan de la vie

A des écueils plus effrayans!

Il ne présente à notre vue

Que des vaisseaux brisés, que l'aspect de la mort.

Et, dans cette immense étendue,

Sous un ciel orageux, triste jouet du sort,

Je ne vois plus hélas de retraite et de port!

Oui, sans redouter les naufrages,

S'il faut finir mes jours sur de lointains rivages,

O fidelle amitié! ne regrettant que toi,

Je saurai me soumettre à cette dure loi,

A ce supplice affreux d'une absence éternelle! . . . . .

J'en sens toute l'horreur, et mon ame ne craint

Que ce trait déchirant qu'elle porte avec elle.

Tel on voit dans les airs d'une flèche cruelle

L'oiseau timide atteint,

D'un vol rapide encor s'éloigner de la rive,

Où le coup meurtrier vint lui percer le sein,

Il s'agite et s'échappe envain.

A quoi lui peut servir sa course fugitive?

Ce dernier et funeste effort
Enfonce plus avant le fer qui le déchire :
Il y succombe enfin et sur un autre bord
Epuisé, gémissant, il s'abat, il expire.
Tel seroit mon destin! . . . . . mais ne dois je obtenir
    Que dans un nouvel hémisphère
Cet abri que je cherche? Eh quoi! l'europe entière
    Ne peut elle me contenir?
    Et ne sauroit-elle m'offrir
    Une humble et tranquille chaumière,
    Une retraite solitaire,
    Où je puisse mourir en paix?
    Voilà mes voeux et ma chimère.
    Ah! loin de moi, loin pour jamais
    Les cités, les cours, les palais! . . . . . .
    Lieux chéris qui m'avez vu naître,
    Vénérable, antique château,
    Où le sort plaça mon berceau!
    O séjour paisible et champêtre!
    Pourquoi le destin rigoureux
M'entraina-t-il hélas! loin de vos bords heureux?
    Sur les rives de la loire
    Que n'ai-je toujours vécu!
    Mon coeur fait pour la vertu
    Pouvoit se passer de la gloire.
    Si mes écrits ont obtenu
    Des mères tendres le suffrage,
    J'ai payé cher cet avantage.

Au milieu des palais, combien de fois j'ai du
Me plaindre des ingrats et de mon esclavage,
Et me dire en secret qu'il eût bien mieux valu
Se fixer au fond d'un village!
Là dans l'heureuse obscurité
J'aurois joui des vrais trésors du sage,
Le repos et la liberté,
L'affreuse et noire perfidie,
La détestable calomnie
N'eussent point épanché leurs funestes venins
Sur les plus beaux jours de ma vie.
J'aurois moins connu les humains; . . . . . .
Salutaire, heureuse ignorance
Qui, dans ce siécle corrompu,
Est la véritable innocence,
Et la plus douce récompense,
Dont le ciel puisse honorer la vertu!
A mes amis désormais inutile,
Si je pouvois me choisir un asile,
Oui je le placerois dans le fond des déserts,
Loin des persécuteurs, des ingrats, des pervers,
Loin des hommes enfin; mais la philosophie,
Dans le malheur, dans la prospérité,
Doit préserver de la misanthropie,
Fruit amer de l'adversité,
Dans ces jours désastreux de crime, de folie,
Il est sans doute encor des hommes généreux,
J'ai trouvé des amis en tous temps, en tous lieux,;

Par-tout leurs soins ont fait le charme de ma vie:
    Par l'amitié ce don des cieux
    Toute contrée est embellie.
    Ainsi donc, d'un esprit soumis,
        Poursuivant avec courage
        Ce long et fatiguant voyage,
        J'adopterai le pays,
        Je bénirai le rivage,
        Où la tendre humanité
        Accorde l'hospitalité
    Aux malheureux, qui battus de l'orage
Accourent l'implorer après un grand naufrage.
Où peut-on se flatter de trouver aujourd'hui
        Un tel secours, un tel appui?.....
        O toi, ma déité chérie,
        Brillante imagination,
        Aimable et constante ennemie
        De la méthodique raison,
        Trop souvent, dans mes jours prospères,
        Tu vins égarer mes désirs,
        Où par des craintes mensongères
        Troubler ma joie et mes plaisirs!
        Souvent la triste prévoyance
        Sçut m'arracher à mon bonheur:
        Viens aujourd'hui par l'espérance
        Me distraire de ma douleur....
Mes voeux sont exaucés; tu ranimes mon coeur.
Sur tes ailes de feu, je sens que je m'élance!

Oui je vois le séjour heureux,
Où je dois terminer ma pénible carrière;
Là, près des bords fleuris d'une immense rivière,
Sur un coteau délicieux
Dominant une vaste et riante prairie,
Qui va s'unir à l'horizon,
J'aperçois mon humble maison.

Combien à cet aspect mon ame est attendrie!
Enfin je suis au port; après tant de travaux
Je vais donc me livrer aux douceurs du repos!
Ciel! bénis à jamais la main hospitalière,
Qui, sur cette rive étrangère,
Daignant terminer mes malheurs,
Me rend une patrie, *un asile et des fleurs!*
Vous que la fortune ennemie
Fait errer et poursuit encor,
Venez, c'est ici qu'on oublie
Les amertumes de la vie,
Et qu'on retrouve l'age d'or.
Ah! dans ma modeste chaumière,
Comme les voyageurs seront tous accueillis!
Et les françois sur-tout, fussent mes ennemis,
Dans cette heureuse solitude,
Tous mes voeux seront satisfaits.
J'y trouverai la douce paix;
J'y puiserai dans le goût de l'étude
Des plaisirs sans inquiétude,
Que rien ne pourra plus altérer désormais.

Les travaux de l'agriculture
Maintenant, il est vrai, me sont presqu'interdits :
Je n'ai qu'un petit pré qui fait la nourriture
   De ma chèvre et de ma brebis ;
   Mon jardin si beau, si fertile,
N'est pas plus étendu ; mais je n'en puis que mieux
   Le cultiver, le rendre utile.
Depuis plus de trois ans, je n'implorois des cieux
   Que ce modeste héritage :
Mon coeur seroit ingrat, si plus ambitieux
Il osoit aujourd'hui désirer davantage.
   Que dis-je! n'ai-je pas l'usage
De ces vastes forêts et de ces champs heureux!
Quoi! s'ils m'appartenoient ces bois délicieux,
   Ces ondes pures, transparentes,
   Ces vergers, ces fruits, ces coteaux,
Ces arbres toujours verts en seroient ils plus beaux?
   Ces plantes et ces fleurs charmantes
   Seroient elles plus odorantes?
Oui, tout ce qui m'entoure et tout ce que je voi
Doit inspirer la joie et la reconnoissance :
Je ne regrette plus une vaine opulence ;
Jouir, c'est posséder ; la nature est à moi.
   Ah! dans ces campagnes fleuries
   Que je me plais à m'égarer!
   Et combien j'aime à m'y livrer
   Au charme si touchant des longues rêveries!
   Souvent assise encore au bord de ce torrent,

A l'instant où la nuit vient déployer ses voiles,
Je vois avec étonnement
La douce clarté des étoiles;
Et je regrette en soupirant
Ce jour pur, qui pour moi fut à peine un moment.
O combien la pensée est sublime et rapide
Dans le silence et le recueillement!
C'est en elle que réside
L'existence et le sentiment;
Vague et profonde, nul langage,
N'est digne de la peindre et de la retracer,
Comme celle de dieu, dont nous sommes l'image,
Sans aucun idiome elle peut s'exercer.
Souffle de l'éternel, vive et prompte lumière,
Dans ses impétueux élans,
Elle embrasse à la fois tous les modes du tems,
En conservant la jouissance
Du présent fugitif, elle peut se saisir
Du passé qui n'est plus et du sombre avenir.
Sans effort elle s'élance
Dans les champs de l'éternité.
Rien ne sauroit borner sa suprême puissance:
L'infini, l'immensité,
Ces deux grands attributs de la divinité,
Lui furent accordés et forment son essence.
Mais quel bruit!.,,.. Délire enchanteur,
N'es-tu qu'un prestige imposteur?
O ciel! où suis-je? hélas!..... et qu'elle voix profane

Vient m'arracher à mon erreur?

Mon jardin, mon pré, ma cabane

M'êtes vous ravis sans retour?

Destin cruel! quoi! tout perdre en un jour!

Quoi! mon bonheur n'étoit qu'un vain mensonge!

Quel funeste réveil en termine le cours!

Ah! je regrette un si beau songe:

Que ne puis-je rêver toujours!

LE

CERISIER NATUREL

ET

LE CERISIER A FLEURS DOUBLES,

FABLE.

LE
CERISIER NATUREL

ET

LE CERISIER A FLEURS DOUBLES,

FABLE. (a)

Il est une heureuse culture,
Qui, secondant la nature,
La consulte et la suit pour ne pas s'égarer ;
Un jardinier habile et sage
Sait l'embellir sans l'altérer.
Si plus ambitieux il osoit davantage,
Il se repentiroit de sa témérité.
Dieu nous donna la noble faculté
De cultiver et d'orner son ouvrage ;
Mais il nous prescrivit de suivre son dessein,
De n'y porter qu'une timide main
D'exécuter avec prudence
Le plan conçu dans sa sagesse immense.
A l'extrémité d'un jardin,
Se trouvoient près d'une fontaine

(a) On sait que les plantes et arbres à fleurs doubles
sont stériles.

B

Deux cerisiers fleuris : l'un entr'ouvroit à peine
      Son jeune bouton naissant,
      Et déployoit modestement
    Sa tendre fleur simple et champêtre.
L'autre plus avancé s'empressoit de paroître
      Et d'étaler arrogamment
    Les feuilles doubles et nombreuses
    De toutes ses fleurs orgueilleuses.
   Est-il bien vrai, dit il à son voisin,
   Que nous soyons d'une espèce semblable ?
     Et te paroit-il croyable
    Que, nés dans le même jardin,
    Nous ayons tous deux le même age ?
   Regardes donc mes fleurs et mon feuillage ;
    J'ai tous les charmes du printems ;
Et tes foibles boutons, honteux et languissans
Sont presque tous fermés ; mais il est assez sàge
    De se cacher et d'être un peu sauvage,
Lorsqu'on est dépourvu d'éclat et de beauté,
     Et qu'on ne posséde en partage
    Que l'humble médiocrité.
Je le vois bien, mes fleurs te paroissent difformes,
Répondit le modeste et simple cerisier ;
Je fus soigné pourtant par un bon jardinier !
    Mais qui ne s'attache qu'aux formes,
     Et qui veut nous comparer
    Doit en effet te préférer.
    Malgré l'extrème différence

De nos destins, de nos penchans,
Je suis ton frère, je le sens!.....
Je ne puis envier ta brillante apparence
Et tous ces dons éblouissans,
Qui te rendent si fier. Ta seule jouissance
Est d'attirer les regards du passant :
Je suis un objet d'espérance
Et tu n'es qu'un vain ornement.
Quelle sera ton existence,
Lorsque, sur la fin du printems,
Toutes ces fleurs épanouies,
Eparses sur la terre et le jouet des vents
Seront détruites ou flétries?
Tu brilles, il est vrai, d'un éclat radieux,
Tes rameaux élégans font le charme des yeux;
Cependant, daignes me croire,
Ah! la véritable gloire
Est d'être utile au sol qui nous produit.
Ta stérile beauté, ta frivole parure
Trompent le voeu de la nature:
Tu ne porteras point de fruit!

LE DIAMANT BRUT

ET

LE DIAMANT TAILLÉ,

FABLE.

LE DIAMANT BRUT
ET
LE DIAMANT TAILLE,
FABLE.

A peine sorti de la terre,
Un diamant tout brut admiroit la beauté
D'un diamant poli, dont l'eau nette et bien claire,
En réfléchissant la lumière,
Sembloit répandre la clarté.
Quels feux brillans, dit-il! qu'elle est donc ta nature!
Être sublime, être resplendissant!
Comment t'appelle t'on? Je suis un diamant,
Tout comme toi, je te le juré,
Répondit l'autre; et peut-être ton prix
Surpasseroit le mien, si l'art eût entrepris
D'enlever ta rouille grossière.
La gratitude et l'équité
Me font en toi reconnoître mon frère;
Et de mon éclat si vanté
Je rends graces au lapidaire,
Au lieu d'en tirer vanité.

FIN.

CHANT

D'UNE

JEUNE SAUVAGE.

AVERTISSEMENT.

Je crois que l'on pourra trouver quel-
qu'originalité dans cette espèce de cantate
d'un nouveau genre: c'est Montagne qui m'en
a donné l'idée. Il dit qu'il a vu à Paris
des américains sauvages et que l'on traduisit
plusieurs de leurs chansons; Montagne cite
celle de la couleuvre, et invite les poëtes à
la mettre en vers. Voici la traduction qu'il
en donne:

» Couleuvre, arrête toi; arrête toi couleu-
» vre, afin que ma soeur tire sur le patron
» de ta peinture, la façon et l'ouvrage d'un
» riche cordon que je puisse donner à ma mie.
» Ainsi soient en tout temps ta beauté et tes
» couleurs préférées à tous les autres serpens. «

Voilà tout ce qu'en cite Montagne; et c'est
là dessus que j'ai fait les vers qu'on va lire,
et qui sont composés pour être mis en mu-
sique.

CHANT

D'UNE
JEUNE SAUVAGE.

O couleuvre azurée!
O reptile ondoyant!
Fixe ta démarche égarée
Sur ce gazon naissant.

Dans ta course vagabonde,
Comme un ruisseau peint des couleurs,
Que les cieux forment sur son onde,
Tu serpentes parmi les fleurs.
      O couleuvre azurée etc.

Fière de ta beauté brillante,
Traînant avec lenteur tes pompeux ornemens,
Tous ces anneaux étincelans
De ta robe éclatante,
Tu t'annonces au loin, par de longs sifflemens,
Elevant au dessus de la plante odorante,
    Des roseaux et des joncs mouvans:
    Ta tête altière et menaçante,
    Du sein de l'herbe élances toi;
    Viens te reposer près de moi;
      O couleuvre azurée etc,

Laisses moi contempler ra superbe parure;

Sur ce modèle éblouissant,

Je veux former une ceinture

Qui puisse plaire à mon amant.

Pour imiter l'heureuse bigarrure

De tes vives couleurs,

J'exprimerai le suc des fleurs;

Je prendrai pour tissu l'écorce si légère

Du platane chéri, dont l'ombre salutaire,

Impénétrable aux feux du jour,

Offre un asile à notre amour.

O couleuvre azurée etc.

Mais en vain ma voix t'appelle;

Ton destin est de fuir toujours:

Rien ne peut arrêter le cours

De ta marche infidelle:

Tu t'éloignes sans retour!

Que je plains ton sort et ta vie,

Si tu n'es jamais poursuivie,

Jamais atteinte par l'amour!

F I N.

ÉPITRE

A

HENRIETTE SERCEY,

MA NIÈCE.

11 JANVIER 1796.

EPITRE

A

HENRIETTE SERCEY MA NIÈCE.

11 JANVIER 1796.

Je lui tiens lieu de mère et j'en fais mon devoir.

Du SÉDUCTEUR, comédie de Mr. DE BIÈVRE.

Je n'ai point revêtu l'air farouche et grondeur,
Ni d'une surveillante affecté la rigueur.
Elle m'auroit trompée, elle m'auroit haïe;
Elle ne voit en moi que sa plus tendre amie.

DE LA NOUE.

AVERTISSEMENT.

Dans la Tragédie d'ESTHER de Racine, Esther, parlant des jeunes filles qui l'entourent, dit:

„ Jeunes et tendres fleurs, par le sort agitées,
„ Sous un ciel étranger comme moi transplantées,
„ Dans un lieu séparé de profanes témoins,
„ Je mets à les former mon étude et mes soins.

Au lieu de prendre ces vers pour épigraphe, je me suis permis (en y faisant un très léger changement) de les placer au commencement de mon épitre. J'ai cru pouvoir hazarder cette liberté, parce que ces vers, quoi-qu'ils ayent de la douceur et de l'élégance, sont peu

remarquables, peu connus, et sont tirés d'une pièce,
qui n'est point restée au théâtre.

J'ai fait cette Épître dans une situation fort diffé-
rente de celle où j'étois lorsque j'achevai l'autre: maintenant autorisée par le Gouvernement (et de la manière
la plus honorable et la plus flatteuse) à me fixer, si je le désire, dans la solitude où l'amitié me retient, j'y vis paisible et
j'y bénis le Gouvernement équitable et généreux, qui

„Me rend une patrie, un asile et des fleurs.

On trouvera dans cette Épître quelques légers traits de
critique, qui n'expriment que des vérités générales et
qui par conséquent ne peuvent blesser personne. Au
reste ces réflexions ne m'ont pas été suggérées par l'hu-
meur, car assurément je n'ai qu'à me louer de l'indulgence avec laquelle les journaux ont rendu compte des
Chevaliers du Cygne, et je ne connois point de critique
de cet ouvrage. Personne ne sent mieux que moi combien sont estimables et utiles les journalistes éclairés et
sans partialité, et sans doute il en est plusieurs de tels.
Je saisis avec empressement cette occasion d'exprimer
à l'auteur du *Républicain* (que je n'ai pas l'avantage de
connoître) combien j'ai été sensiblement touchée, non
des éloges qu'il veut bien donner aux Chevaliers du
cygne; (cette indulgence n'est que flatteuse;) mais du
désir qu'il témoigne de me voir rentrer dans ma patrie.
J'ai lu cet article avec autant de reconnoissance que
d'attendrissement. Je désire que le hazard fasse tomber
cette brochure entre ses mains, et qu'il puisse y voir
l'expression de ma sensibilité. Elle doit lui plaire; elle
est sincère et désintéressée.

EPITRE A MA NIÈCE.

„O jeune et tendre fleur par le sort agitée,
„Sous un ciel étranger comme moi transplantée!
„Dans un lieu séparé de profanes témoins,
„Je mets à te former mon étude et mes soins.
  Les jours de ta paisible enfance
Sembloient te présager un destin plus brillant.
Le spectacle pompeux, l'appareil imposant,
  L'éclat et la magnificence
  Des grandeurs, du luxe et des arts,
  Frappèrent tes premiers regards!
  A peine alors à ton aurore,
  Tu ne pouvois connoître encore
Les dangers du grand monde et les pièges secrets,
  Que la candeur et l'innocence
  Et la crédule confiance
  Doivent rencontrer à jamais,
  Dans les cours et dans les palais!
  Pour te guider et pour t'instruire,
  Hélas qu'auroient pu produire
  Les conseils de l'amitié?
  La jeunesse vive et légère
  En croit tout au plus la moitié:
  L'école la plus salutaire
Est celle du malheur, de ce maître sévère,
Qui, sans ménagemens ainsi que sans pitié,
  Et nous corrige et nous éclaire.
  Oui, malgré l'inimitié
    C.

De la fortune contraire,
Ton esprit et ton coeur du moins ont profité
Des leçons de l'adversité.
Le grand livre des destinées,
A paru s'ouvrir à tes yeux;
Tu viens d'y lire en peu d'années
Tout ce qu'il peut offrir de sublime et d'affreux;
Et, dans ce dédale immense,
Quiconque sçait réfléchir
Peut aisément recueillir
Ce fruit tardif du tems, l'utile expérience.
C'est ainsi qu'en tes jeunes ans
Tu possédes cet avantage,
Et tandis que sur ton visage
Brillent les roses du printems,
Tu sais penser, agir et raisonner en sage.
O combien l'infortune ajoute au sentiment!
La gaité folâtre à ton âge
Est sans doute un attrait piquant;
Mais que tu me plais d'avantage,
Depuis que le malheur, murissant ta raison,
A fait prendre à tes traits l'aimable expression
D'une douce mélancolie!
Oubliras-tu jamais, ô ma charmante amie,
Et la ferme de Silk et ses bois ravissans?
Oubliras-tu ces entretiens touchans,
Dans lesquels tous les soirs, chaque jour de la vie,
Nous répétons toutes deux,
Les noms chéris et vertueux

De Paméla, (*a*) d'Adèle (*b*) et de ma Pulchérie. (*c*)
   Entretiens délicieux!
    Qui succédant à l'étude
    Charment notre solitude!
Quand l'esprit et le cœur sont toujours occupés,
La retraite jamais ne peut être ennuyeuse;
    Souvent de nos malheurs passés
   Nous retraçons l'histoire douloureuse:
    Souvent aussi le doux espoir
Vient suspendre nos pleurs et nous fait entrevoir
Un terme à tant de maux, un destin moins sévère;
    Quelquefois la soirée entière
    Se passe à former des projets,
    Ou bien à faire une lecture.
    Les arts et la littérature
    Sont d'inépuisables sujets
D'entretiens instructifs et de grandes idées,
    Dont l'intérêt vif et pressant
    Nous fait prolonger nos veillées.
   Je le prévois, le goût et le talent
T'engageront bientôt dans la route épineuse,
Où l'émulation et la gloire trompeuse
    Promettent un prix séduisant.
    Mais le laurier de la victoire,
Remis entre les mains des filles de mémoire,
Pour ton sexe est toujours difficile à saisir.

(*a*) Lady Edward Fitzgerald. (*b*) Mademoiselle d'Orléans.
(*c*) Madame de Valence.

C 2

Soit prudence, soit jalousie,
Les Muses à regret nous le laissent cueillir.
Aux hommes avec grace elles daignent l'offrir,
Tandis que nous, victimes de l'envie,
On nous force de conquérir
Ce prix éclatant du génie.
Tu crois peut-être avec candeur
Que du moins une femme auteur
A le droit de compter d'avance
Sur les égards et l'indulgence
De tous les littérateurs ;
Mais pour obtenir leurs suffrages
Il faudra dédaigner ceux des autres lecteurs.
Si tu sais rendre tes ouvrages
A la fois dangereux, frivoles et pédans,
Sans résultats et sans logique,
Sur-tout pleins de métaphisique ;
S'ils sont bien obcurs, bien pesans,
Et d'un style néologique,
Je te promets, pour prix de ces rares travaux,
Des éloges pompeux dans de petits journaux.
Si moins ambitieuse et pourtant moins prudente,
Ces succès immortels, cette gloire éclatante
Ne peuvent te toucher, ni même t'éblouir ;
Si, n'éprouvant que le désir
Et d'être utile et de bien faire
Tu veux tout simplement entrer dans la carrière
Pour mériter l'estime et non pour l'usurper,
Alors (je ne puis te tromper)

Il te faudra supporter sans murmures
Les clameurs et les injures,
Les cris, les efforts impuissans,
Les complots, les trames obscures
Des envieux et des méchans,
Qui, dans d'insipides brochures,
Outragent sans pudeur périodiquement
La vérité, le goût, la vertu, le talent.

De cette tourbe ignorante
Tu sauras mépriser l'odieuse rumeur;
Tel souvent on a vu, dans sa course savante,
Le botaniste voyageur
Poursuivre sans effroi sa marche bienfaisante,
Malgré tous les bourdonnemens
Des vils insectes voltigeans,
Qui, croyant l'accabler de profondes blessures,
Ne lui font, en dépit de leurs vœux malfaisans,
Que de très-légères piqûres,
Que sans s'émouvoir il reçoit,
Et dont à peine il s'aperçoit:
Tandis qu'ils exhalent leur rage
Par des assauts infructueux,
De Linné le disciple heureux,
Continuant son utile voyage,
Récolte sur son passage
Les fleurs qui s'offrent sous sa main,
Le laurier, l'immortelle et l'odorant jasmin;
Il les cueille avec choix et toujours il préfère
Aux herbes sans vertus la plante salutaire:

Il ne dédaigne point la fleur,

Que la beauté rend seule remarquable;

Mais il rejette avec horreur,

Quelque soit son éclat et sa forme agréable,

Celle qui dans son sein d'un poison destructeur

Porte le germe détestable.

Dans ces travaux si doux et si charmans,

Il doit être infatigable:

(Quels plaisirs ici bas de peines sont exempts!)

Chaque fleur n'est pas sans épine;

De la ronce et de l'églantine

Souvent il a senti les aiguillons piquans.

La passion qui le domine

Lui fait mépriser les dangers:

Sans qu'il chancelle ou qu'il frémisse,

Il se trouve souvent au bord d'un précipice;

Il gravit les monts, les rochers;

Et, dans son ardeur téméraire,

Dirigé par d'heureux destins,

Il parvient à la cime altière

Des Alpes ou des Apennins.

Tel est le tableau fidelle

Des dangers toujours renaissans

De la carrière immortelle

Que tu veux parcourir; mais hélas! à vingt ans

Quels écueils, quels périls paroissent effrayans?

En te livrant à la littérature,

Étudie avec soin l'histoire et la nature;

Cultive les beaux arts et ces talens charmans,

 Qui sont pour toi depuis longtems

 La source intarissable et pure

 De tes plus doux amusemens.

Alors, avec un goût délicat et sévère,

Tu parleras un jour des chefs-d'oeuvres de l'art;

Et sans avoir et l'age et l'esprit de Voltaire,

 Tu ne placeras point Mignard,

Et moins encor van Loo, le Moine et l'Argilière

 Dans les fastes éclatans

 Des artistes les plus savans. (a)

Quand tu voudras parler du dieu de l'harmonie

 Du chantre sublime, immortel,

Qui sut représenter avec tant d'énergie

 Armide, Alceste, Iphigénie,

 Oreste au pied de l'homicide autel;

 Tu sauras sans pédanterie

Le juger, l'admirer avec discernement.

 Disciple de l'auteur charmant,

 Dont la touchante mélodie

 A fait passer dans tous les coeurs

De la tendre Didon les funestes douleurs,

 En rendant un juste hommage

 A ses talens enchanteurs,

Tu te garderas bien d'emprunter le langage

 De quelques demi-connoisseurs,

(a) Voyez les notes de Mr. de Voltaire à la suite du siècle de Louis XIV. Il a parlé des arts sans aucune espèce de discernement et de connoissances.

Dont le zèle à la fois et stupide et bizarre.

Pour louer Piccini fit de Gluck un barbare. (a)

Ce fanatisme étrange et ces vaines clameurs

Sont les fruits de l'ignorance;

Des grands hommes ainsi les sots admirateurs

Sément les germes destructeurs

De la haine et de la vengeance

Quoi! faut-il dans une balance

Peser avec sang froid et méthodiquement

Chaque espèce de talent?

Ah du génie est-ce la récompense?

Non, non, les tributs qu'il attend

L'enthousiasme les dispense.

Toujours le vrai littérateur

Ne consultant que son goût et son coeur,

Sans esprit de parti, sans fiel, sans artifice,

Aux hommes de génie aime à rendre justice.

Il se plaît à les louer

Et non à les comparer.

Craignant, lorsqu'il les juge et qu'il les examine,

De les mettre en rivalité,

Jamais la partialité

Ne l'aveugle et ne le domine:

Sans dépriser Corneille, il admire Racine.

Si tu veux avec vérité

Peindre la grace et la naïveté,

(a) C'est l'expression dont se servoient les détracteurs de cet artiste sublime.

Tu dois étudier l'aimable et tendre enfance;

C'est sur-tout à la connoissance

De ses défauts, de ses penchans,

De ses goûts, de ses sentimens

Que j'ai du les plus doux suffrages,

Dont on ait honoré mes travaux, mes ouvrages.

Hélas! dans cet heureux tems,

Où d'une foule d'enfans

La troupe charmante et chérie,

Ne respirant que les jeux,

Se livrant à la joie au sein de ma patrie,

Croissoit en paix sous mes yeux,

Je pouvois dessiner des tableaux gracieux,

Et présenter toujours des peintures fidelles:

Vous me serviez tous de modèles.

Ainsi ce peintre ingénieux

L'Albane, artiste et père heureux,

Obtint la gloire la plus pure;

Les sentimens de la nature

Dirigèrent ses doux travaux:

Et sa main fidelle et sûre

En peignant ses enfans surpassa ses rivaux.

Je n'ai point ses talens, sa grace et ses pinceaux,

Mais j'ai su peindre aussi les charmes de l'enfance;

J'ai su rendre avec vérité

Sa touchante ingénuité,

Sa candeur et son innocence,

Dons précieux de l'age d'or,

Qui réunis se retrouvent encor,

Avec tous les attraits de l'aimable jeunesse,
Un esprit enchanteur, les vertus, les talens,
   Dans l'objet que ma tendresse
   Mit au ran   mes enfans.
   Ce doux portrai., de ton amie
Vient de te retracer l'image si chérie;
   Et ton coeur a nommé déjà
   Ma chère et tendre Paméla.
O que de l'amitié la généreuse flamme
   Toujours embrase et pénètre ton ame!
   Qu'   us tes écrits!
Seule elle peut donn.   itable prix;
   Le senu at les vivifie,
   Et sait tenir lieu de génie.
   Prenant pour guide la raison,
Que ta muse toujours d'une morale austère
   Présente la sage leçon;
   Au risque même de déplaire.
A la vertu sublime, à la religion
Consacre des talens, que le ciel ne dispense
   Que pour l'avantage des moeurs.
   Alors sans doute les censeurs
Dirónt avec dépit: comment donc elle pense!
   Comment, lorqu'on pense à vingt ans,
   Sauroit-on conduire un ménage?
Comment deviendroit-on femme économe et sage,
Et pourroit-on enfin élever ses enfans?
Tels seront leurs discours; je prendrai ta défense:
Je leur dirai: de grace ayez de l'indulgence;

Elle écrit; cependant je lui crois du bon sens.
Quoiqu'elle ait de l'esprit, qu'elle sache l'histoire,
   Qu'elle ait une heureuse mémoire,
   De la raison et des talens,
   Elle a pu (vous allez l'absoudre)
   Malgré tant d'inconvéniens,
   Elle a pu, dis-je, apprendre à coudre.
   C'est un fait bien surprenant;
   Mais j'ose en être le garant.
   C'est ainsi qu'avec éloquence
A tes censeurs j'imposerai silence.
   Pour toi, ferme dans tes projets,
   Entre dans la route immortelle
   Où ton noble penchant t'appelle:
   Je jouirai de tes succès.
   Bientôt, loin de toi, loin du monde,
   Dans une retraite profonde,
   Consacrée à la piété,
   Au repos, à l'obscurité,
   Dans cette carrière nouvelle,
Je n'aurai plus besoin de ma lyre fidelle;
Entre tes jeunes mains je veux la déposer:
   C'est t'offrir tout ce qui me reste,
   Et le seul bien qu'un sort funeste
   M'ait permis de te laisser.

RÉFLEXIONS

D'UN

AMI DES TALENS

ET

DES ARTS.

AVERTISSEMENT.

DE L'AUTEUR.

Depuis les derniers troubles de france, j'ai lu dans les papiers publics, que Mr. de la Harpe étoit accusé d'avoir pris part à ces mouvemens, et qu'on avoit enlevé les presses de Mr. Suard. Je n'ai aucune liaison d'amitié avec ces deux personnes, mais j'aime les lettres; ce sentiment m'a inspiré les réflexions qu'on va lire; cet ouvrage d'une soirée contient quelques idées qu'il est toujours bon de rappeller, mon nom n'ajouteroit rien au poids qu'elles peuvent avoir, et il est permis de garder l'anonyme quand on écrit avec les intentions qui m'animent.

AVIS DE L'ÉDITEUR.

La feuille qu'on va lire est de Mad. de Genlis et a été d'abord imprimée à Paris. L'auteur n'y avoit point mis son nom, parce qu'elle pensoit que ces réflexions auroient plus de poids lorsqu'on pourroit les supposer faites par un citoyen françois. Elle nous a permis aujourd'hui de les joindre à ce petit recueil.

REFLEXIONS

D'UN

AMI DES TALENS

ET

DES ARTS.

Beaux arts c'est pour vous seuls qu'aujourd'hui je
vous aime;
De mon coeur, de mes jours vous êtes les sou-
tiens :
Je jouis des travaux qui surpassent les miens.
. . . .
Qui possède un talent peut promettre un bienfait.
Mr. de la Harpe.

A HAMBOURG.
1796.

RÉFLEXIONS

AMI DES TALENS ET DES ARTS.

Retiré dans une solitude obscure et paisible, je suis depuis trois ans à l'abri des orages qui désolent mon malheureux pays: la littérature et les arts m'offrent des délassemens agréables, des distractions douces et nécessaires, et non des consolations. Mes yeux, sans cesse tournés vers la france, suivent avec effroi les événemens qui s'y passent, et mes peines particulières ne peuvent affoiblir l'intérêt vif et pressant que m'inspirent les malheurs publics. Pendant le règne de l'exécrable Roberspierre on ne pouvoit que gémir; il eût été dangereux ou dumoins inutile de réclamer la justice et d'invoquer la clémence et la générosité.

D

Dans les journaux de ce tems, (ces archives
effrayantes du crime et de la folie,) je cher-
chois avec crainte des lumières sur le sort des
hommes, dont j'admirois ou les vertus ou les
talens! Le plus vil des tyrans les a presqu'im-
molés tous! assassinats irréparables! . . . . . . ;
D'heureuses moissons peuvent ramener l'abon-
dance; les finances peuvent se rétablir et les
partis divisés se rapprocher ; mais qui nous
rendra ces hommes de génie, que la nature
semble ne produire qu'avec effort et que nous
avons vu disparoître en si peu d'années? Nous
perdîmes peu de tems avant la révolution,
Rousseau, Voltaire et Buffon : un despotisme
sanguinaire nous a privés depuis long-tems de
la plus grande partie des talens utiles et agréables dont la france s'honoroit encore. Les artistes s'expatrièrent, les muses amies de la
paix furent la chercher sous un ciel étranger:
c'est ainsi que jadis à la chûte d'un empire
célèbre, chassées par les furies, elles s'échap-
pèrent de la grèce et se réfugièrent dans un
autre climat. En france, Roberspierre, un poi-
gnard à la main, leur défendit de revenir, les

déclarant *émigrées* et déchues de toutes leurs possessions; mais leur bien véritable est la gloire, qui ne se *confisque* point, que l'on porte en tous pays et dont la persécution rehausse encore l'éclat immortel. Les hommes distingués par de grands talens, qui eurent le courage de rester en france, furent égorgés ou jettés dans les cachots. Les uns périrent sur l'échaffaud ou dans les fers; d'autres, martyrs du noble amour de la patrie, moururent de douleur, en la voyant asservie et déshonorée par tant de cruautés atroces. D'autres enfin bravant la mort et n'en pouvant supporter l'attente ou l'appareil, épargnèrent par des suicides quelques crimes de plus aux bourreaux de la vertu et du génie: ainsi périrent Bailly, St. Lambert, Le Mierre, Condorcet, Champfort, Roucher, Lavoisier, Barthélemi, Florian, André Chénier etc. . . . A cette époque affreuse, quelles furent mes inquiétudes pour les gens de lettres et les artistes que j'ai connus! . . . . . pour l'excellent et véridique historien, dont les ouvrages forment le cours le plus intéressant de morale et de politi-

quel! (a) pour le sage ingénieux qui consacre
sa vie à l'étude de la nature! (b) pour l'auteur charmant de l'optimiste; (c) et pour le
poëte touchant qui sut peindre avec tant d'é-
nergie les douleurs d'Oedipe et la vertu d'An-
tigone. (d) Combien j'ai craint pour vous,
jeune et sensible B *vissosli*n! et pour
vous, respectable ami de ma première jeunesse, modeste et vertueux M......y!........
Ah! j'ai craint même pour ceux qui m'ont
donné jadis des preuves d'inimitié! en son-
geant à leurs dangers, je n'ai plus vu que
leurs talens! L'ami des lettres et des arts dans
ces jours de proscriptions ne devoit plus penser à ses ennemis et ne pouvoit que regretter
ses juges : quel est celui qui s'élanceroit avec
enthousiasme dans la carrière, s'il s'y trouvoit
sans concurrens ? C'est la crainte d'être sur-
passé qui donne des ailes dans la course, et les

(a) Mr. Gaillard.
(b) Mr. de St. Pierre.
(c) Mr. Collin d'Harleville.
(d) Mr. Ducis.

Palmes de la victoire n'ont de prix que par les mains qui les distribuent et par les rivaux qui les disputent. Dans ces tems désastreux je pleurai encore le chantre harmonieux des *Jardins,* le poëte illustre qui sut évoquer le génie de Virgile, comme Pope fut inspiré par celui d'Homère. Je vis de Lille trainé dans les prisons, et je versai des larmes!.......... Le croyant plongé au fond d'un cachot souterrain, je me le représentai privé de jour et d'espérance et récitant les vers admirables des *catacombes de Rome:* (a) graces au ciel il a survécu au tyran; et j'ai vu depuis avec joie ce nom si cher aux muses, sur la liste (hélas

(a) Le plus bel épisode de son poëme sur l'imagination, dont le sujet est l'aventure du célèbre peintre Robert, perdu pendant quelques heures sans guide et sans flambeau dans les immenses souterrains nommés les *catacombes de Rome.* Ce poëme n'est point imprimé; si l'auteur eût péri nous perdions à la fois et le poëte et l'ouvrage, car Mr. l'abbé de Lille se reposant sur son excellente mémoire, n'écrit jamais les vers qu'il compose que lorsqu'il veut les livrer à l'impression.

si peu nombreuse) des gens de lettres et des
artistes qui nous restent.

Si les vainqueurs, les conquérans et les
chefs des nations qui, n'ont pas respecté les
monumens matériels produits par les arts, ont
dans tous les siécles passé pour des barbares,
que dira-t-on des hommes féroces qui détrui-
sent les inventeurs mêmes de ces arts divins,
ou ceux qui les cultivent ou les perfection-
nent? Dans les tems les plus reculés, les talens
eurent toujours le droit heureux de désarmer
la colère, la haine et le ressentiment; l'antique
fable et l'histoire prouvent également combien
les anciens ont poussé loin ce sentiment de
respect et d'admiration. Homère, en traçant
la scène sanglante des vengeances de l'impla-
cable fils de Laerte, nous représente ce prince
cruel et vindicatif, attendri par les sons de la
lyre de Phémius et n'épargnant que ce chantre
fameux. Dans l'histoire nous voyons l'attelier
de Polignote protégé par les ennemis mêmes
de son pays, la maison de Pindare respectée
par des soldats acharnés au pillage; Marcellus
entrant vainqueur dans Syracuse, voulant ho-

norer le grand homme, dont le génie avoit
rendu le siège si périlleux et si difficile, (a)
et paroissant inconsolable en apprenant sa
mort; Auguste tout puissant, outragé de la
manière la plus sensible, bornant sa vengeance
à l'exil du séducteur de sa fille; nous devons
à cette indulgence les meilleurs ouvrages d'O-
vide qui furent composés depuis cette époque.
Nous trouvons dans l'histoire moderne une
foule de traits semblables; on sait avec quelle
générosité Charlemagne, admirateur des talens
de Paul Diacre, lui pardonna la hardiesse de
ses réponses et son attachement pour la famille
de Didier. Tout le monde connoît le témoi-
gnage touchant d'estime et d'admiration que les
ennemis de Louis XIV donnèrent à l'immortel
Fénélon, lorsqu'ayant pénétré dans l'intérieur
de la france, et selon l'affreux droit de la guerre,
ravageant les campagnes qu'ils parcouroient,
ils n'épargnèrent que les possessions et les terres
de l'auteur de Télémaque! Hommages subli-
mes, qui immortalisent ceux qui les ont rendus!

_____

(a) Aachiméde.

L'homme, qui possède un talent, n'appartient point au seul pays qui l'a vu naître; toutes les contrées où l'on cultive les sciences et les arts devroient avoir le droit de le réclamer, quand ses jours ou sa liberté sont menacés dans sa patrie: s'il est coupable envers elle, que l'exil soit son châtiment, mais dans ce cas même c'est une espèce de sacrilège d'attenter à ses jours; eh quoi! la gloire qui l'environne, ses travaux passés, ceux qu'on peut encore en attendre, tant de motifs d'admiration, de gratitude et d'espérance ne doivent-ils pas le défendre ou l'absoudre? .... Si vous le privez de la vie, comment après son supplice pourrez vous jouir sans remords des ouvrages qui lui survivront et qui doivent illustrer sa patrie?...... bienfaits qui se transmettront à la postérité la plus reculée!...... de ces chefs-d'oeuvres qu'il vous laisse, que vous retrouverez sur vos théâtres, dans vos monumens, dans vos muséums et vos bibliothèques?...... Si le grand Corneille, engagé dans une conspiration, eût péri sur un échaffaud, quel sentiment éprouveroit-on en voyant représenter *les Horaces?* .....

Tous les savans, les gens de lettres et les artistes distingués par de grands succès, ont droit à cette indulgence, et même, sans avoir atteint ce haut point de réputation, il suffit qu'ils soient entrés avec éclat dans la car-rière. Qui peut savoir le point où ils doivent s'arrêter? Milton n'ayant fait encore que des ouvrages agréables, s'attacha à l'usurpateur Cromwell, et profana cette plume destinée à l'immortalité, en faisant l'affreuse apologie de l'assassinat. (a) Charles II monté sur le trône, lui accorda un généreux pardon; et Milton fit depuis le *Paradis perdu!* De combien d'ouvrages charmans et de découvertes admirables ne serions-nous pas pas privés, si dans tous les tems on n'avoit pas eu plus d'indulgence pour les savans et les littérateurs que pour les hommes vulgaires? Sans cette clémence, dont

_____

(a) Pendant le règne de Cromwell il fit plusieurs ouvrages en latin dont le but étoit de prouver qu'il est permis d'attenter à la vie des souverains qui deviennent tyranniques.

la reconnoissance publique semble faire un devoir, Prior en angleterre seroit mort en prison et le famsux Bacon auroit perdu la vie sur un échaffaud. (a) Enfin notre siècle profiteroit-il de la plus grande et de la plus utile découverte qu'on ait faite en physique, si au commencement de la guerre d'Amérique le gouvernement anglois eût mit à prix la tête de Franklin et eût trouvé des assassins?

D'ailleurs, observons à la gloire des lettres et des arts, qu'en général les grands talens acquis sont le gage des bonnes moeurs; il faut un tems si prodigieux pour les perfectionner et pour les entretenir, qu'il n'en reste pas pour le vice ou pour l'intrigue. Peut-on séparer de la saine littérature l'étude approfondie de la morale? Eh! qui peut mieux aimer

---

(a) On pense bien que je ne désigne point ici le moine auquel on attribue la pernicieuse invention de la poudre à canon. Je veux parler de François Bacon, baron de Vérulam Vicomte de St. Albans, et chancelier d'angleterre historien, jurisconsulte etc. Il fut accusé et convaincu de concussion et l'on se contenta de lui ôter ses emplois.

la vertu, que celui qui a passé sa vie à réfléchir sur les devoirs de l'homme? Un philo-
sophe peut sans doute s'égarer, mais on n'aura
jamais à lui pardonner que des erreurs ou des
fautes passagères, et non une longue suite
d'actions criminelles ou vicieuses.

Les rois ont beaucoup répété que leur
principale force consistoit dans le courage et
la loyauté de leur *fidelle noblesse;* (a) mais
l'histoire prouve que, lorsque les nobles ont

_____

(a) Cependant cette *fidelle noblesse,* toutes les fois
qu'elle l'a pu, n'a jamais manqué d'usurper ou d'avilir l'au-
torité royale. Lisez l'histoire de France, vous y verrez que
les anciens comtes et barons, assurément très-*nobles,* ne
se sont nullement piqués de fidélité dans le tems de leur puissance. Lisez l'histoire des autres nations, sur-tout celle de
Dannemark, vous y verrez de même combien souvent la noblesse a été redoutable aux rois et aux peuples. Je n'en con-
clus pas qu'un *noble* doive nécessairement être ambitieux;
je dis seulement que la fidélité à ses engagemens et la cons-
tance dans ses affections ne sont point des attributs insépa-
rables d'une haute naissance, et que dans un état, une classe
telle qu'elle soit, très-privilégiée et par conséquent très-
puissante, finit toujours par devenir extrêmement dangereuse

été véritablement puissans, ils ont toujours
paru des sujets dangereux; et qu'alors, loin
d'être les soutiens du trône, ils se sont réunis
pour en usurper les droits.

La Vertu, le Génie et les Talens, voilà
les véritables appuis de la puissance, les co-
lonnes solides que le tems ne sauroit ébranler
et qui peuvent seules soutenir les révolutions.
Ce sont les arts qui ont immortalisé les beaux
siècles de Périclès, d'Auguste, de Charlemagne,
de François I, des Médicis et de Louis XIV;
rappellons-nous que ce ne fut ni par la ter-
reur, ni en accordant de nouveaux priviléges
aux patriciens, que le second des Césars fit
oublier les fureurs du triumvirat. Guerrier sans
génie, même sans courage, tyran barbare teint
du sang de ses concitoyens, il asservit son
pays, il sacrifia sans remords à son ambition
la vertu, la liberté publique et l'humanité: cependant il obtint le pardon de tant de crimes;
que dis-je? il fut aimé! il usurpa la gloire
ainsi que l'empire de l'univers! C'est qu'assis
sur le trône, il expia ses forfaits par la clémence; qu'il sût pardonner et qu'il eut pour

amis Mécène, Horace et Virgile. Ah! pour le
bonheur de mon pays, puissent ceux qui le
gouvernent maintenant, rendre aux lettres et
aux arts la splendeur éclatante, dont on les
vit briller sous le règne de ce roi despote,
qui dut le surnom de *Grand*, non à ses con-
quêtes, mais à l'enthousiasme des muses recon-
noissantes qu'il fit renaître et refleurir.

F I N.